publication *PN°1*
Bibliothek der Provinz

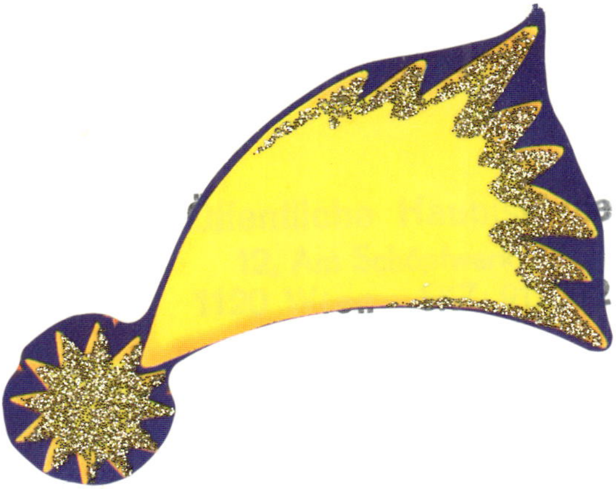

Max Kratochwill

Der gerettete Traum

herausgegeben von
Helmuth Grössing

Verlag
publication PN°1

Wien – Linz – Weitra – München
A-3970 WEITRA
02815/35594

ISBN 3 85252 054 1

printed in Austria
by
Plöchl
A-4240 Freistadt

Max Kratochwill

DER GERETTETE TRAUM

Gedichte

MAX KRATOCHWILL

ein nachgeborener (und wahrscheinlich der letzte) Rosenkreuzer, der – im Gegenteil – zwanghaft, ja fast gewalttätig versucht hat, die Spuren seiner literarischen Existenz zu verwischen. Richard von Schaukal hat gewußt, daß er Gedichte schreibt, und Weinheber hat es gewußt, doch die Heroen spiegeln ja in jedem fremden Text, der ihnen gereicht wird, nur ihre eigene Größe oder ihr eigenes Unvermögen wider.

Und auch anderen war es bekannt, daß der feinsinnige Herr (Beamter wie Grillparzer) Lyrik schrieb, seine Gedichte die Lebensjahre hindurch sammelte, mehr verwarf als bejahte... Ein strenger Formalist, rasch desillusioniert durch den geringsten Einspruch, gegen sich kritisch, eher aber verunsichert bis zu einer stilisierten Selbstverleugnung, die zur Obsession entarten kann. Als der Dichter daranging, an der Grenze zur DAMNATIO MEMORIAE seinen Namen aus seinem persönlichen, selbeigenen Pantheon zu meißeln, hat ihm der Herausgeber das Werkzeug der LETHE aus der Hand genommen, um diese 101 Gedichte nicht in die »Römische Nacht« versinken zu lassen. Denn »Leise entschlief/Das Antlitz der Zeit/in welkes Silber/sanken die Brunnen...« Max Kratochwill weiß, wohin »in der magischen Nacht« wir alle den »gleichen Weg« gehen.

Fast hat er es sich nicht nehmen lassen – *ES*, das Gedicht seines Lebens, das er nur für sich und seine Enkel als »Traum« retten wollte... Er, der liebenswürdige Zauderer aus Passion, hatte viele Bedenken, sich dem Urteil der Welt auszuliefern, der Kritik vielleicht ein Skandalon zu sein. Max Kratochwill hat aber keine »Bälle aus billigem Tand« geworfen, die jetzt da vor uns hinrollen, es sind lyrische Texte mit pessimistisch-romantischem Unterton, in denen gelegentlich etwas sein großer Meister Trakl durchklingt, dessen in den Ort eingeschriebene Hinterlassenschaft Max Kratochwill in der Zeit vor dem Zweiten Weltkrieg in Salzburg gesucht und gefunden hatte: in einer alten, abgegangenen »verfallenen Stiege« beim Glockengeläute des großen Domes.

Der Form nach konservative Gedichte, die freilich niemals die Form verlieren können; ohne Konzessionen geschrieben und insoferne nicht behaftet mit dem Makel und der Mißbildung des opportunistischen Betrugs an sich selbst.- Warum auch? würde der Hofrat fragen. Manche inhaltliche Wendung wirft aber die Frage der Authentizität auf und findet so manche wunderbare Antwort: Max Kratochwill (geb. 1911) hat, bei allem Ich-Rückbezug, seine Zeit, das 20.Jahrhundert, das bis heute sein Jahrhundert ist, künstlerisch bezeugt! – Und dies auch, wenn er nie sogenannte experimentelle Lyrik geschrieben hat, und sein freier, metrisch ungebundener Vers niemals zur Prosa wird. Jede seiner Zeilen »tönt« und bleibt lyrische Dichtung. Dieses Tönen hat noch der alte Joseph Marx vernommen, dem es freilich nicht mehr möglich war, den »Steirischen Süden« in Musik zu setzen, obwohl er dies wollte: »Ich hab es oft und oft gesehn,/das weiße Haus im Wein./Die Hölzer leise Tänze drehn,/ ein Willkomm und ein Weitergehn/tief in den Traum hinein....«

Hat Max Kratochwill seinen TRAUM *gerettet*, hat er ihn in der NACHLESE *verloren*?

101 Gedichte, das lyrische TROPAION eines Lebens, das vor dem Dichter Gnade gefunden hat, liegen Dir, CANDIDE LECTOR, vor.

Lies und urteile nun!

Helmuth Grössing

DER GERETTETE TRAUM

IMMERFORT

Leicht und flüchtig wie das Spiel der Welle:
leicht und flüchtig das gefügte Wort.
Aber zögernd hinter Glanz und Helle
tönt im Herzen eine dunkle Schelle
immerfort.

VON MEINEM FENSTER

Von meinem Fenster seh ich weit
ins wunderbare Land.
Hat oft in meiner Einsamkeit
kein andres Licht gebrannt.

Im großen Kreis gelöst und klar
das Angesicht der Stadt.
Ein Vogelruf. Im späten Jahr
ein buntes Ahornblatt.

Und hinter Garten, Haus und Schlot
die Berge blau und fern.
Still über Glück und Traum und Tod
hingeht der Abendstern.

DER SPIEGEL

Ich habe viele Spiegel um mich stehn.
Aus jedem
blickt mich ein andres Auge an.
Ich sehe Glauben, Hoffnung, Liebe,
und Wolken, Sterne, Blumen,
stille Wege,
die tägliche Gemeinheit auch,
und was man sonst dem Leben wohl
zu geben pflegt.
Und jedes Jahr
zerschlag ich einen Spiegel.

Der letzte aber wird mir sagen,
wer ich bin.

DAS GEFIEDER DER NACHT

Brot und Salz,
noch eh du es nimmst,
Träumer,
hebst du den Fuß
von der freundlichen Schwelle.
Bald hüllt dich
das Gefieder der Nacht
in Sterne, Schatten und Tod.

KREUZIGUNGSGRUPPE

Gottes stiller Tod
in der bunten Einfalt
uralten Bauernholzes.
Rot und blau
im schläfrigen Wind
Sommerblumen davor.

Nahe schon mäht
die Sichel der Jahre:
der verließ mich und jener,
und es bleiben
Schatten nur
und die Asche des Traums.

Bald bin ich bei euch,
meine Freunde.

IN SEINEM SCHATTEN

Es war ein alter Baum im Bauerngarten.
O sommerlanges, wunderbares Warten
in seinem Schatten erntezu.

In seinem Schatten bin ich oft gelegen
und hab geträumt von fernen Wanderwegen,
von Märzlicht und Novemberruh.

In seinem Schatten hat die Zeit geschwiegen.
Und abends aus den dunklen Zweigen stiegen
die Sterne in den Sagenkreis.

So war der Baum in meinen Kindertagen.
Und er wird blühn, und er wird Früchte tragen,
wenn ich es lange nicht mehr weiß.

LASS UNGESAGT

Um dein verlornes Herz
klagt der Wind,
ein Blatt
hat dein Blut getrunken.

Laß ungesagt,
was du sagen willst.
Halt es beschlossen
im zögernden Abschied:
wenn dein Blick
nach Blumen sucht,
die niemals blühten.

ICH BIN – ICH WAR

Hand überm Menschenjahr
schweigsam und schwer.
Ich bin – ich war.
Ist es denn mehr?

Blumen im Windeswehn,
Stern überm Wald.
Die dort im Dunklen stehn,
rufen mich bald.

Fern und verloren sind
Liebe und Traum.
Nimmermehr sieht das Kind
den Lichterbaum.

DIE ALTERNDE HAND

Einst blühten die Blumen
über die Welt hin;
meine Schritte schwiegen
im Abendwind,
denn am Himmel standen
wunderbare Zeichen.

Nun aber beugt sich
die alternde Hand
in den Schutt der Träume:
da ein Stern,
eine Amsel dort,
hinter goldnen Wolken
die Tage der Jugend
und das entrückte
Anlitz der Mutter.

IMMER GEH ICH

Immer geh ich,
wenn die andern ruhn.
Immer such ich
die Blume im Schneeland,
im eisigen Teich
die Sommerwolke.

Immer, sagt ihr,
schlägt meine Uhr
die falsche Stunde.
Aber Gott ist es,
der die Zeiger stellt.

LIEBER, KLEINER VOGEL

Lieber, kleiner Vogel,
ich hab dich erschaffen
aus zaubrischem Mohn.

Nun du fortfliegst,
erblinden die Augen,
und die Hände sinken
zu Staub.

Lieber, kleiner Vogel,
mein verlorner Traum.

MEIN BROT

O ihr Fremdlinge,
ihr setzt euch Kronen aufs Haupt,
die goldnen Zeichen
der Zerstörung.
Euer stolzer Geist,
höhnend entreißt er
dem heiligen Schrein
das letzte Geheimnis.
Aber hört ihr noch
den Atem des roten Mohns,
den Seufzer
des Herrn am Kreuz?

Mein Brot
ist nicht das eure.
Die Hände füg ich
zur Schale,
zu trinken das Wasser
einer andern Zeit.

IN DEN WIND GESPROCHEN

Immer das dunkle Kreisen
riesiger Vögel
zwischen dem Stern
und meinem Herzen.

Immer der Glaube,
und immer wieder
der bittere Sturz
zu den Menschen.

Immer die Liebe:
und immer wieder
hab ich sie
in den Wind gesprochen.

FERNE WÄLDER

Die grünen Wiesen, fröhlich hingestellt,
die hellen Felder säumen meine Schritte.
Im gelben Abendlicht versinkt die Welt
und alles ist gerecht und Glück und Mitte.

Und alles ist besonders und ist neu,
und das Gesetz ist schön und ohne Hülle.
Die fernen Wälder aber warten scheu,
daß sich die Nacht mit Sagenkreisen fülle.

HERBST DES LEBENS

Schatten aus uralten Zeiten.
Wo ist der Schlaf, der mich hält?
Wo ist ein Licht in der weiten,
sinkenden Welt?

Einsamer Weg in die Ferne.
Wolken in silbernem Spiel.
Aber die ewigen Sterne
wissen das Ziel.

ICH ABER SINNE

Es singen die Mädchen
im Schatten des Traums
die leisen Lieder der Wehmut.
Leise auch blühen die Wolken
vor den dunklen Toren der Nacht.
Ich aber sinne noch einmal den Weg
vom Aufgang her.

Über dem Menschenjahr
groß und einsam ihr meine Sterne.
Trauer und Glück, Gottes ewige Wanderschaft.

WIEDER GEH ICH DEN WEG

Zur Abendstunde
ruht die Sense des Menschen.

Unter dem hellen Mond
lauscht das Herz
den törichten Schritten des Südwinds.
Mit leichter Hand
streift er mein Haar.
Und wieder geh ich den Weg des Knaben
zu den Muscheln im Meer
und den bunten Fischersegeln.

DASS ICH DAS MONDLICHT SCHÖPFE

Daß ich das Mondlicht schöpfe
aus der weißen
Schale des Brunnens,
daß ich es einmal noch
ausstreue
über die verlorne Stadt
und über die Nacht der Liebenden:

zu müde
ist wohl das Herz,
und zu fern,
was ich war.

DAS ANDRE GESETZ

Immer der Mond
und immer die Sterne,
und das große Licht
überm Tag.
Wie bin ich gewandert,
ohne zu wissen,
wohin?
Ich habe
nach keinem Weg gefragt,
wenn ich
mit der Amsel sprach
und mit der Zauberblume
Akelei.
Darum wohl
im Namen der Menschen
schleichen die Wölfe
gierig
um meinen Fuß,
die Henker des Traums.

Denn ich bin
das andre Gesetz.

UNTER EUCH ABER

Ich hab unter euch gewohnt.
Da kamen die Wolken
und riefen mich heim.
Und die Vögel sprachen zu mir,
und immer fand ich am Weg
einen Bettler,
der seinen Traum
mit mir teilte.
Nun trag ich die uralte Last
der Gestirne,
und nach meinem Wort
blüht und vergeht das Jahr.

Unter euch aber
bin ich ein verlornes Blatt,
das der Oktoberwind
spielenden Kindern
hinweht.

VERGESSENE WEGE

Fröstelnd schau ich
in den blinden Spiegel.
Um meinen Schritt
das Gelächter der Menschen,
die kleine Münze des Tages.
Aber der Heilige im alten Gewand
sieht mich immer noch an,
und der Ahorn
schenkt mir ein rotes Blatt.
Irgendeinmal
war ich hier daheim.
Behutsam und scheu
rühren die Abendschatten
an die vergessenen Wege.

Ach, über alle Ferne
bin ich, der ich war:
die gleichen Glocken schlagen,
und die Wolken
fragen mich immer noch.

RÜHRT MICH EIN FERNES

Laubigen Wegs
einsames Schattenspiel.
Rührt mich ein Fernes, das
leise verfiel.

Heimliches Gold
ist in den Traum gewebt:
ach, meine Kinderzeit
hat hier gelebt.

GEBET

Siehe, o Herr,
das Blühn der Felder,
und den Flug der Bienen
um dein heiliges Haupt.
Sonne und Mond
sind die Gefährten
deines uralten Leids.
Laß auch m e i n Herz
heute bei dir sein
für eine kleine Rast.
Denn bald wieder
rufen mich die Stimmen
von Babel.

Immer, o Herr,
kämpfen zwei Schwerter um mich:
der Kuß des Judas
und dein Hirtenstab.

STILLER, BLEICHER GESELL

Stiller, bleicher Gesell,
du mein treuer Freund,
mein letzter auch.

Trag du die Last,
ich kanns nicht mehr:
sag meinem Mund,
daß er schweigen soll;
schlag mein Herz,
daß es nicht mehr schlage.

Wer ich war,
weißt du allein,
geliebter Bruder,
geliebtester du.

MEINEN ELTERN

Als Ihr noch lebtet, ach, es war mein Reich
noch nicht von dieser Welt. Und der mich trug,
der dunkle Nachen, war den Wolken gleich,
wandernder Wolken schattenhaftem Zug.
Und Eure Liebe war mein stiller Stern,
und Güte Euer Weg, und Pflicht und Fleiß.

Nun sind die Tage meiner Kindheit fern
wie Dinge, die ich kaum mehr weiß.

MEINER MUTTER

Bilder wie flüchtiger Amselruf.
Helle Wolken im März,
die leisen Spiele des Knaben
unter dem herbstlichen Mond.
Solang es schlug,
wie hat mich Dein Herz gesegnet!
Bilder wie flüchtiger Amselruf,
ob Du sie, Mutter, noch weißt?

Über dem stummen Mund,
über dem Schlaf Deiner Hände
Blumen und Schnee, die Zeiger des Jahres,
dunkle Kreise der Zeit.

WEISS NICHT MEHR

Rotes Laub an gelber Mauer.
Überm Weg ein himmelblauer,
kleiner Schmetterling.

Seh mich mit der Mutter schreiten:
war es nicht vor Ewigkeiten,
daß mich so viel Licht umfing?

Weiß nicht mehr, was mir aus leisen,
wunderbaren Sagenkreisen
durch die Seele ging.

DER GEFÄHRTIN

Gib mir die Hand: es wär so viel zu sagen!
Der kleine Garten ist verstummt und leer.
Mit tausend Bildern und mit tausend Fragen
die Jahre schweigen seltsam um uns her.

Der Herbst ist leise an mein Herz getreten
und nimmt, was Sommer ist, behutsam fort.
Doch silbern leuchten aus dem Traumverwehten
ein gutes Lächeln und ein gutes Wort.

HAST DU MEIN HERZ GEHÖRT

Sonnenflügel, gespannt
über des Tags Gezeiten.
Dämmerung geht ins Land,
einsames Abendläuten.
Nacht steigt silberbewehrt
über der Sterne Stufen.

Hast Du mein Herz gehört,
w i e es nach Dir gerufen?

MEIN TRAUM

Einsam geh ich
neben den Schattenspielen
der Menschen.
Immer rufen mich Blumen und Wind,
und der Wanderstab
rastet wohl gern
im Schlummerspruch der Brunnen.

Vom Baum des Tages welkt
der goldne Apfel.
Auf die Schultern der Welt
sinkt der Hermelin
des Mondes.

Mein Traum,
über Steine und Wolken
weiß er den Weg
zu Dir.

FÜR EVA SUSANNE

Heute, eh Dich der Schlaf fortnahm,
riefst Du mich leise zu Dir.
Hilfloser Schmerz sah mich an:
nie sollt ich sterben,
batest Du mich.

Ich lächelte,
und meine Hand strich über Dein Haar:
liebes, geliebtes Kind!
Draußen sang ein Vogel,
hing der Mond in der blauen Nacht.
Und der Wind kam aus östlichen Fernen,
und der Zaubertrank der Träume.

Liebes, geliebtes Kind!

DAS VERLASSENE ZIMMER
(Für Annemarie Charlotte)

In Deinem Zimmer
gehn die Stunden auf leisen Sohlen.
Mond und Sterne, Deine Traumgespielen,
suchen Dich vergebens.
Wirst Du wiederkommen,
kleine, geliebte Gefährtin?

Sinnlos
breitet eine Puppe die Arme aus.
Der Wind wandert vorbei,
der ruhlose Freund.
Und immer wieder
pochen die Finger der Angst
wie kreisendes Unheil
von allen Seiten zu mir.

Ach, das verlassene Zimmer
hütet den heimlichen Nachhall
Deiner kleinen Tänze,
das scheue Licht
Deiner Fröhlichkeit.

VERFALLENE STIEGE

O welche Hände haben sie gebaut?
Über den alten Stufen schweigt die Zeit.
Es wuchern Gras und sonderbares Kraut
und alle Süße der Vergangenheit.

Gestorbner Schritte schattendunkle Schar.
Um Schnee und Blumen ein verspielter Wind.
In leisen Takten steigt und sinkt das Jahr
und rührt an Dinge, die in Träumen sind.

ALLE TRÄUME

Einmal war Gelächter hier und Wein,
und die alten Götter gingen um das Haus.
Heute aber bröckelt Stein um Stein,
und im wunderlichen Abendschein
huschen Fledermäuse ein und aus.

Fremde Blumen, fernes blaues Meer,
alle Träume trägt der Wind
mir zur Seele her.

STEIRISCHER SÜDEN

Ich hab es oft und oft gesehn,
das weiße Haus im Wein.
Die Hölzer leise Tänze drehn,
ein Willkomm und ein Weitergehn
tief in den Traum hinein.

September rührt an manchen Ast,
der Türk ist reif und schwer.
Ob Wanderlied, ob Abendrast:
das Land, das du betreten hast,
ist einsam wie das Meer.

Es geht mein Herz von Jahr zu Jahr
den gleichen stillen Schritt.
Doch heller geht von Jahr zu Jahr,
geheimnisvoll und wunderbar,
ein Stern vom Süden mit.

LAMPRECHTSBURG

Über duftendem Gewölk
südlicher Sträucher
in einfachen Maßen
Mauer und Turm.
Still versinkt
im Schatten der Zeit
der sparsame Schmuck:
Erker
und steinernes Bogenwerk.

Tief unten aber
mit weißem Gefieder
das tönende Grün
der Rienz.

VENEDIG

In die Süße
marmorener Fäulnis
tropfen die Wellen
den Totentanz.

So leise aber
ist keine Hand,
die flüsternden Schatten
zu malen.

VENEDIGER NACHT

Unter den kleinen,
schweigenden Brücken
tönt
das uralte Meer.
Auf den Morgen zu
dunkel schlafen
die greisen Häuser.

Aber mein Herz verwirren
törichte Bilder,
die der Wind
über die kleinen,
schweigenden Brücken
weht.

ES TROPFT DER SCHNEE

Es tropft der Schnee
von allen Dächern.
Braunes Gesträuch am Bach,
verstohlen
bringt der Märzwind
Kronen aus grünem Flaum.
Wär nicht die Wolke,
es wär wohl das Schlaflied
alter Brunnen
oder die süße Schwermut
der Appischen Straße,
daß ich den Weg weiß
übers Gebirg.

FRÜHLING

Wolken und unruhblauer Tag
und Lichter im Wiesengrün.
Woran das Herz wohl denken mag
im unbeschreiblichen Blühn?

Kinder an mir vorübergehn
mit Blumen im hellen Haar,
und ihre hellen Augen sehn
ins auferstandene Jahr.

SOMMER

Schlafende Äcker, Berg am blauen Rand,
und das Geheimnis in den alten Bäumen.
Ein Käfer klettert über meine Hand,
ein Vogel stürzt aus grauen Wolkenräumen.

Es ist die Ruh des Sommers wunderbar
im Wehn des Windes, im Gesang der Hirten:
und leise stirbt die zauberhafte Schar
golddunkler Bilder, die den Traum verwirrten.

EINE GLOCKENBLUME

Glück und Stille des Sommers.
Kinder schlafen im Schatten des Apfelbaums.
Ach, so ferne der Tag und die Zeit
und das Handwerk des Menschen.
Eine Glockenblume blüht am Wegrand:
blau wie das Meer, das mit leisem Gesang
an südliche Inseln rührt,
blau wie das Licht des Himmels
über der Stadt Venedig.

Im steinernen Turm der Sehnsucht
ruhlos wandert das Herz.

HERBSTLICHER TAG

Herbstlicher Tag
über die Hügel geht.
Einsamer Glockenschlag,
fernhergeweht.

Reich mir den Krug,
ach, es ist schön, zu sein!
Blume und Vogelflug,
Traum aus dem dunklen Wein:
Alles ist mein.

SÜSSER HERBST

Hügelauf und -ab
durchs Südland
alle die Bilder der Jugend
trägt der Spiegel
meiner Liebe.

So ohne Furcht
war ich noch nie
unter dem ungeheuren
Himmel der Zeit.
Im Eichwald
vom Traum her
huschen die Tiere,
leise kreisen
purpurne Blätter.

Süßer Herbst,
für wen
wirst du der letzte sein?

IM ALTEN HERBST

Kaum ein Blatt,
das sein Licht
noch vom Sommer hat.
Alles Leidgewicht
löst sich sacht
aus der Welt:
und zerschellt
am Rand der Nacht.

AUF DEN WEGEN DES HERBSTES

Was war es wohl,
das über meine Seele glitt
wie das bunte Gefieder des Traums?

Zögernd reicht das Jahr
Kupfer und rostiges Grün
in die Tage der schweifenden Nebel.

Irgendein Lied
geht mir durch den Sinn.
Ich hab es lange nicht gehört.

Auf den Wegen des Herbstes
leise grüßt das Herz
die fernen Bilder der Kindheit.

ABENDS DANN

Roter Apfel in meiner Hand
und die Trauben aus Opal.
In den Sonnentag
tönt die Viola des Herbstes.
Abends dann
unter dem Licht der Astern
einsam sinnt das Herz
die Tage des Glücks.
Leise rührt mich
das verstorbne Anlitz der Mutter,
scheues Sternbild
an den Grenzen des Traums.

BUNTER HARLEKIN HERBST

Bunter Harlekin Herbst,
lieber Gefährte des Knaben,
des Mannes auch:
nun such ich dich
vergebens.

Aber schon morgen
vielleicht
im fahlen Mondlicht
torkelt mit grellem Ruf
und knöchernen Händen
ein bunter Harlekin:
der letzte Herbst.

ALLERSEELEN

In den goldnen Bäumen
rastet das Jahr.
Ein scheuer Vogel
findet den Weg nicht mehr.
Fremdes Licht
im fröstelnden Anlitz der Blumen.
Silberkalt
kreist ein Stern
über rotem Abendgewölk.

Doch eine uralte Hand
malt drei hölzerne Kreuze
in mein Herz,
den fernen Schatten von Golgotha.

DER WANDERER

Hinter den Hügeln
lange schon schläft die Sonne.
Wälder im Herbst,
und der Weg zu den fernen
Lichtern des Dorfs.
Unter schiefen Kreuzen
die Brüder,
einsame Blumen Gottes.
Wolkenhände
pflücken die Sterne
in den dunklen Becher
der Nacht.

Aber es bleiben
Mars und Saturn,
der gewaltige Bogen des Todes.
Wo ist der Pfeil,
der mich trifft?

DIE MAGISCHE SICHEL

Fröstelnd beugst du dich
im Herbstwind,
wunderliches Herz;
deine Sterne alle
haben dich verraten.
Aber im Spott der Welt
immer noch
brichst du das Brot
der Gekreuzigten,
und den Mohn des Traums
trinkst du
aus dem blauen Kelch
der Glockenblume.

Von Jahr zu Jahr
milder tönt
die magische Sichel
des Todes.

HINTER GOLDNEN FARBEN

Herbst,
wie oft noch wirfst du
Blumen mir zu,
Nüsse und Äpfel
und den heimlichen,
süßen Duft des Weins?
Es dunkeln
die alten Bilder.
Was ich liebte,
vieles
lebt nicht mehr.

Hinter goldnen Farben
lauscht der Tod.
Mit weißen Fingern
sucht er mein Herz.

FÜHRE MICH

Führe mich,
lieber Bruder.

Wunderbar steigen
deine Zeichen auf:
die Sichel des Herbstes
und die goldne Asche
meiner Träume.

Führe mich,
lieber Bruder.
Ich weigere mich
nicht mehr.

LEISE BEUG ICH

Aus dem versunknen Sommer
pflückt das Jahr
einmal noch
blutrote Sterne
für sein Totenkleid.
Einmal noch
tanzt der törichte Falter
durch das Licht
von tausend Blumen.

Aber im Taumel der Welt
leise beug ich mein Haupt
unter der Last
der Dornen.

NEBELHÄNDE

Nicht die Sonne, nicht der klare,
wunderbare
Sichelmond der Sommernacht:
daß ich eine Heimat fände,
Nebelhände
haben mir den Traum gebracht.

MIT ACHTLOSER HAND

Leise malt der Herbst
den Tod ins Jahr.

In den Häusern der Menschen
manchmal brennt ein Licht
mir zur Herberg.
Mit achtloser Hand
lösch ich es aus.

ABSCHIED

Die Faust der Felsen,
uralte Wälder
und der Wanderspruch
des Wassers:
nichts ändert sich,
wenn ich gehe.
Die kleinen Blumen,
blau und rote Spreu
des Herbstes,
winken
im Totenwind.

OKTOBERFAHRT

Als trüge dich ein trunkner Kahn,
so geht es hügelab und -an.
Schon hat Oktober dir zuseit
das Glück des Sterbens ausgestreut,
und wie ein steinernes Gebet
im gelben Wein ein Bildstock steht.
Die Unruh aber, dir im Blut,
Gott selber macht sie wieder gut.

ABER DER TOD

Dufttrauben
rostroten Flieders,
und die weißen
Kastanienfinger
im grünen Gewölk.
Sinnend geh ich
abendzu,
dunkler Wein
schließt
seltsame Türen auf.

Aber der Tod
trinkt
aus dem gleichen Krug.

NOVEMBER

Im Nebel
ist es gut zu gehn,
im halben Licht.
Verstohlen
blüht ein kleiner Stern
Vor meinem Schuh.
Am frierenden Strauch
die roten Beeren
wissen nicht mehr,
wann der Sommer war.
Was du versäumt hast,
mein Herz,
ist versäumt
für immer.

Behutsam pflück ich
den letzten Herbst
für die Hügel
der Freunde.

IM HERBST

Wie von grauen Tränen blind
grau der Himmel, grau das Land.
Durch die Felder stürmt der Wind,
Gottes wilder Musikant.

Sonderbarer Totentanz,
tote Blätter, totes Jahr:
grüner, gelber, roter Kranz,
graues Licht in meinem Haar.

Kleines, liebes Wiegenlied.
In den Schenken Rauch und Wein.
Doch das Herz, vom Sommer müd,
wandert nun allein.

VIELE LICHTER

Viele Lichter
hast du gerufen, mein Herz.
Eins nach dem andern
löschte der Wind.
Aber still wie ein Stern
brennt das letzte
über den bunten
Hügeln der Toten.

DAS LETZTE WORT

Das letzte Wort, ich weiß es nicht.
Ich hab es lebenlang gesucht;
es ist des Menschen Angesicht
gesegnet halb, und halb verflucht.
Der Tag versiegelt meinen Mund
und unter Sternen bin ich blind,
und sonderbar verstört und wund
die Hände der Gerechten sind.
Das letzte Wort, ich weiß es nicht.

Es wiederkehrt im Zeitenlauf
ein goldner Schatten. Leise bricht
das dunkle Herz des Herbstes auf.

MIT DUNKLEN FAHNEN

Die schwarzen Krähen hocken
wie ungefüger Stein,
nun schlummern auch die Glocken
mit leisem Frösteln ein.

Dahin sind Glanz und Fülle.
Der Herbst ist kühl und klar.
Zu Ende geht das stille,
das schöne, stille Jahr.

Mit dunklen Fahnen reitet
der Abend in das Land.
Sag mir, wohin geleitet
mich seine Sternenhand?

AM RAND DER STADT

Blumenbunt die niedern Häuser,
Wein im Keller steht bereit.
Und die Stadt wird immer leiser
und besinnt sich alter Zeit.

Blaue, weiße Wolkenspiele,
Kirchenglocken dann und wann.
In des Tors verstohlner Kühle
halb im Schlaf ein Werkelmann.

Schmal und zögernd weht die schlichte
Weise durch den Mittag hin:
lang verschollene Gesichte
wunderliche Kreise ziehn.

WAS ICH DIR BRINGE

Im Mondlicht hab ich
meinen Acker bestellt,
er liegt weit drüben,
an den Grenzen der Welt.

Was ich dir bringe,
ist ganz leise und fern:
eine Handvoll Blumen nur,
und ein leuchtender Stern.

NIMM IHN

Hier,
nimm ihn,
den kleinen Strauß!
Ich hab ihn gepflückt
aus Deinem Herzen,
Sommer um Sommer,
Herbst um Herbst,
alle die Jahre lang,
die wunderbaren.

Nimm ihn
und vergiß ihn.

Aber später,
wenn er längst verblüht ist,
beginnt
sein Leben.

DIE DUNKLE MUTTER

Als Du bei mir warst,
stand der Abend am Tor
und verscheuchte
die Welt.

Seit Du fort bist,
einsam tönt
das Horn des Mondes.
Leise nimmt mich
die Nacht an ihr Herz,
die dunkle Mutter
der Sehnsucht.

OHNE EIN WORT

Ohne ein Wort
möcht ich nicht fortgehn.
Aber hörst Du mich noch?
Unsre kleinen Blumen
blühn nicht mehr,
ein billiges Feuerwerk
hat den Stern erschlagen.

Doch ohne ein Wort
möcht ich nicht fortgehn.
Du selbst
wirst es Dir sagen,
morgen vielleicht,
vor meinem Totenlicht.

DIE MUTTER WARTET

Um mich her
flüstern
die Schatten.
Im Ring der Toten
bin ich geborgen
vor mir selbst.
Du und du und du,
ihr ginget mir voraus;
nun seid ihr bei mir
und hüllt mich
in eure Liebe,
die ich längst vergaß.

Die Mutter wartet
in ihrem stillen Haus:
mach dich auf den Weg,
mein Herz!

ABEND

Wirklichkeit und Licht ermüden,
und der Tag verträumt sich sacht.
Über Berg und Tal und Frieden
sanft und schmal der Mond erwacht.

Wirklichkeit und Licht ermüden,
und mein Ruf erreicht dich kaum.
Doch das blaue Meer im Süden
weht vielleicht in deinen Traum.

RÖMISCHE NACHT

Leise entschlief
das Anlitz der Zeit,
in welkes Silber
sanken die Brunnen.
Über dem Mediceergarten
würfeln die Sterne
um unser Herz.
In der magischen Nacht
gehn wir den gleichen Weg:
wohin?

IN TORHEIT UND TRAUM

Sinnlose Stunden
wirft der Tag mir zu,
Bälle aus billigem Tand.
Es schöpft die Nacht
aus verlornen Brunnen
Bild und Geheimnis
und den einsamen Gang
der Sternenuhr.

Immer aber,
in Torheit und Traum,
bin ich unterwegs
zu Dir.

DIE AURIKEL

Was ich sage,
ich hör es nicht.
Was ich sehe,
mein Aug versäumt es.
Tot und vergessen
sind die blauen Blumen,
und an den alten Brunnen
ist keine Rast mehr
für mich.
Die Stunden wehn vorbei,
und immer nur
such ich den Stern:
weit
überm Gebirg der Zeit
das duftige Licht
der Aurikel,
die in Deinen Händen
blüht.

ABENDLIED

Deine Mandelaugen
voll Schelmenlicht
nun sind sie müde.

Ganz von fern
klappert die Mühle
am rauschenden Bach,
und Esel und Hund,
Katze und Hahn
wandern nach Bremen.
Fliegst Du mit ihnen,
kleiner Schmetterling?

Ich liebe Dich so sehr:
was wäre mein Herz
ohne Dich?

MORGEN VIELLEICHT

Heute
bin ich bei Dir,
und Deine Spiele
sind die meinen.
Morgen vielleicht
winkt
Deine kleine Hand
einem Schatten nach.

Aber
solange Du lebst,
vergiß mich nicht:
dann gehn wir
gemeinsam
aus der Liebe unsrer Tage
ins Totenland.

DU KIND AN MEINER SEITE

Über eine kleine Frist
wanderst Du noch mit.
Du an meiner Seite bist
wie mein eigner Schritt.

Gold und Silber zählen nicht
in der letzten Stund:
aber Deinen Namen spricht
noch mein toter Mund.

DER GERETTETE TRAUM

Liebe:
ich empfing sie
aus Euren kleinen Händen,
aus kleinen Herzen,
die kaum erst schlagen.
Die Märchen
sind unsre Heimat,
und die Blumen,
die Ihr mir bringt,
welken nie.

Denn Ihr seid
für immer
mein geretteter Traum.

NACHLESE

DER VERLORNE TRAUM

Es kreisen die Sterne
über dem hinfälligen Jahr.
Am Bach
blühn gelbe Blumen,
kleine Lampen des Sommers.
Aber die Nacht
löscht sie leise aus.
Und die toten Augen
des Mondlichts
suchen
den verlornen Traum,
die Liebe,
die ich in den Wind sprach.

SCHON ABENDZU

Ein fernes Flötenspiel
schon abendzu.
Ein Blatt, das leise fiel
vor meinen Schuh.
Ein bunter Wolkenball
im Sommerhauch.

Sind Glück und Traum nur Schall
und Rauch?

EIN LIED

Ein Lied umfing den Knaben sehr:
aus »Abschied« und aus »Wiederkehr«
hat es den Traum gewebt.

Von Abschied und von Wiederkehr:
ich weiß das kleine Lied nicht mehr
und hab es doch gelebt.

ZUR ALTEN KAPELLE

Zögernd löscht
ein Hauch
von den Lagunen her
die silberne Lampe
des Winters.

Einmal noch
laß mich
den Feldweg gehn
zur alten Kapelle
von Reischach:
vor mir
die ferne Faust
der Brunecker Burg,
über mir
Wolken von Daniel Gran
und im Herzen
die Unruh des Abschieds.

BAUERNSTUBE

Kränze des Lebens welken sacht.
Ein Fremdes verzaubert den Raum.
Kaum noch zu fassen im Bild der Nacht
sind Wolke, Hügel und Baum.

Seltsamer Träume Spielgerät:
es dunkeln die Masken im Schrein.
Hoch über herbstlichen Feldern steht
Saturn mit kupfernem Schein.

STADT IM SÜDEN

Sprichst Du noch zu mir
wie zu dem Knaben,
dem Du Wunder warst
und Geheimnis zugleich?

Nun höre ich nur
das leise Lachen des Windhauchs
in den Spuren
zerfallender Mauern.

Unter dem ärmlichen Mantel aber
schlägt Dein unsterbliches Herz.

WOHIN?

Es war einmal,
daß der Knabe
mit silbernen Blumen sprach,
die der Mond berührte;
daß lange noch
irgend ein leises Lied
den apokalyptischen Donner
übertönte.

Nun aber zögert
der alternde Schritt:
ein fremdes Licht
führt mich -
wohin?

ICH HABE GEFRAGT

Ich habe gefragt
nach den Gewichten der Welt.

Die Sonne hielt ich
in bloßen Händen
und den eisigen Mond.
Ich sah die Wechsler
und die Gerechten,
den Wein der Könige trank ich
und das Wasser der Armut.
Ich brach die Halme des Brotes
und den flackernden Mohn,
wenn ich über die Felder ging,
dem Regenbogen nach
oder den silbernen Spuren
des Einhorns.

Flackernden Mohn
und den Duft der Quellen
bind ich in die Dornenkrone
auf Gottes Haupt.

NIMM ANS HERZ

Nimm ans Herz die alten Pfade,
unsre lieben kleinen Dinge:
dunkel schließt und ohne Gnade
Jahresring an Jahresringe.

Wieder wird es Herbste geben,
wieder wanderst Du wie heute.
Doch an meinem Platz daneben
geht der Schatten fremder Leute.

ZURÜCK ZU MIR

Nun hebt das leise Lied der Sterne an.
Die Nacht ist wie das Anlitz alter Fraun'n
türkisenem Erinnern aufgetan,
verstorbner Dinge zögerndem Geraun.

Und was dem Blick des Wandernden entsank,
Nun wieder wandert es zurück zu mir.
Sehr ferner Herbste rotes Weingerank:
die tote Mutter, klopft sie an die Tür?

WENN DU MICH VERLÄẞT

Wenn Du mich verläßt,
heimlich bleibt ein Rest
in meinen Händen.

Heimlich bleibt ein Licht,
daß die Wege nicht
im Dunkel enden.

Ist Dein Schritt verhallt,
wird die Traumgestalt
mich still begleiten.

Wenn Du mich verläßt,
sieh: ich halt Dich fest
für alle Zeiten.

KARNEVAL

Sterne glitzern im Meer
und über verstohlenen Gondeln.
Im lärmenden
Licht der Piazza
jagen süchtige Augen
nach der Magie
flüchtigen Glücks.

In dunkelsten Gassen aber
mit knöchernen Händen
ein Schattentanz:
fröstelnder Karneval
der Toten.

So will es mein Traum,
der stärker ist
als das Leben.

ABEND NUR

Abend nur
und die dunkelnde Spur
meiner törichten Jahre.
Vieler versunkner Gefechte
ferne Fanfare.

Da und dort
noch ein flüchtiges Wort,
ein verstohlener Schimmer.
Aber die südlichen Sterne
schweigen für immer.

ICH ABER

Wohin wanderst du,
kleine Wolke?
Wen rufst du,
silberner Stern?
Wem winkst du,
fröhliche Kinderhand?

Ihr alle seid
das Licht der Welt.
Ich aber bin
euer seltsamer Schatten.

DIE VERLORNEN STERNE

Heimlicher Schnee
sinkt
auf Krippe und Stall.
In alten Truhen
west
das Spielzeug des Knaben,
Gottes goldne Maske.

Der Wandrer
ist müd geworden.
Immer tiefer
beugt sich das Herz,
die verlornen Sterne
zu schöpfen
in seinen dunklen Krug.

AM GRAB FERDINAND VON SAARS

Immer wieder
komm ich zur Dir
in Trauer und Liebe:
Du warst noch
ein Atemzug
der alten Stadt,
am Ende müde
wie sie.

Hörst Du noch
das *ferne Geläut*?
Oder hat Dich
dein bittrer Tod
ausgelöscht
in die glückliche Stille?

IRGENDWO, MEIN HERZ

Fernes Abendgestirn
und die Rufe der Toten,
einsame Stufen des Traums.

Irgendwo, mein Herz,
wartet die Heimat,
das helle Lachen der Kinder.

DIE ALTERNDE HAND

Einst blühten die Blumen
über die Welt hin;
meine Schritte schwiegen
im Abendwind,
denn am Himmel standen
wunderbare Zeichen.

Nun aber beugt sich
die alternde Hand
in den Schutt der Träume:
da ein Stern,
eine Amsel dort,
hinter goldnen Wolken
die Tage der Jugend
und das entrückte
Anlitz der Mutter.

ABER DEIN MUND

Um Dich
war die duftende Stille
einer Hirtensage,
Thymian
und das Huschen der Schlange
und die selige Nähe
des Südmeers.
Um Dich
war die Kühle
von Maria in Cosmedin,
und die Brunnenschalen
reichten Dir flüsternd
den ewigen Traum.

Du wußtest nicht,
daß ich Dich ansah.
Aber Dein Mund
lächelte.

DER ERLOSCHENE TRAUM

Die Glocken des Herbstes
läuten
in sterbenden Blumen.
Aber einmal noch
ruf ich die alten Tage,
den erloschenen Traum:
den Anruf
der silbernen Sterne
und den Glauben
an meinen Weg.

NUN ABER

Weit
war der Weg zu mir.
Aus dem Singsang
mährischer Mütter
da und dort
noch ein leises Fragen
an mein törichtes Herz.

Weit war der Weg,
nun aber
will ich heim.

WANN GEH ICH WIEDER

So wie Du warst, behalt ich Dich in mir,
und immerzu ist Dir mein Herz bereit:
wann geh ich wieder Hand in Hand mit Dir
die stillen Wege der Vergangenheit?

FÜR ANNEMARIE CHARLOTTE (†)

Nun schläfst Du
den ewigen Traum
und hörst nicht
mein verzweifeltes Rufen,
das Dich einhüllen will
in meine Liebe.

Du hältst mein Herz
in Deiner toten Hand.

publication PN°1
Bibliothek der Provinz

Verlag für Literatur, Kunst und Musikalien